Scholastic

Clifford LE GROS CHIEN ROUGE MC

Le gros tas de feuilles

Adaptation de Josephine Page
Illustrations de Jim Durk
Texte français de Christiane Duchesne

D'après les livres de la série
« Clifford, le g...
de Norm...

Adaptatio...
« Leaf of Absen...

Catalogage avant publication de Bibliothèque et Archives Canada

Page, Josephine
[Big leaf pile. Français]
Le gros tas de feuilles / adaptation de Josephine Page ; illustrations de
Jim Durk ; texte français de Christiane Duchesne.

(Lis avec Clifford)
Traduction de : The big leaf pile.
Basé sur une des aventures du personnage de Clifford créé par Norman Bridwell.
ISBN 978-1-4431-3700-3 (couverture souple)

I. Durk, Jim, illustrateur II. Duchesne, Christiane, 1949-, traducteur
III. Titre. IV. Titre : Big leaf pile. Français V. Collection: Lis avec Clifford

PZ23.P33Gro 2014   j813'.54   C2014-902166-6

Édition publiée par les Éditions Scholastic, 604, rue King Ouest, Toronto (Ontario) M5V 1E1.

5 4 3 2 1   Imprimé au Canada 119   14 15 16 17 18

MIXTE
Papier issu de
sources responsables
FSC® C103113

C'est une magnifique journée
d'automne à l'île Birdwell.
Cléo, Nonosse et Clifford
font des tas de feuilles.

Cléo a terminé.

Elle a empilé des feuilles orangées,

des jaunes, des rouges, des dorées

et des brunes.

Elle compte :

un, deux, trois…

et saute dedans!

Clifford a terminé lui aussi.

Il a empilé des feuilles orangées,

des jaunes, des rouges, des dorées

et des brunes.

Il compte :

un, deux, trois...

et saute dedans!

Nonosse n'a pas terminé.

Dans le tas de Nonosse, il n'y a que des feuilles brunes.

Quand elles craquent, les feuilles brunes font un joli son, bien fort.

— Il me faut plus de feuilles,

dit Nonosse.

— Je vais t'aider, dit Clifford.

— Moi aussi, dit Cléo.

Et ils l'aident.

Le tas de Nonosse est enfin prêt.

Mais Nonosse doit rentrer chez lui.

C'est l'heure de sa promenade.

— Je vais surveiller tes feuilles, dit Clifford. Avec moi, elles seront en sécurité, je te le promets.

—Tu es un vrai ami, dit Nonosse.

Et Nonosse s'en va en trottinant

gaiement.

Clifford observe le tas de feuilles.

Il l'observe, et l'observe encore.

— C'est un bien beau tas de feuilles,
dit-il. J'ai hâte d'entendre le son
qu'il va faire.

— Nous pourrions sauter dedans
doucement, pour ne pas le défaire, dit
Cléo.

— Oui, ce serait amusant, dit Clifford.

— Alors, sautons! dit Cléo.

Les feuilles s'envolent.

Un grand coup de vent

les éparpille partout.

— Oh, non! fait Clifford.

Clifford et Cléo ramassent les
feuilles de Nonosse.

Il y en a une sur une girouette.

Il y en a une sous
le camion du facteur.

Clifford et Cléo en trouvent
une autre sur la balançoire du
terrain de jeu.

Ils en découvrent encore une dans une assiette de frites.

Clifford et Cléo retrouvent
toutes les feuilles.

—Voilà un beau tas de feuilles,
dit Clifford.

—J'ai hâte d'entendre le son
qu'il va faire, dit Cléo.

— Nous pourrions sauter dedans, dit Clifford.

— Mais nous ne le ferons pas, disent-ils tous les deux.

Nonosse revient.

Son tas de feuilles est encore

plus gros et plus beau qu'avant.

— Merci d'avoir surveillé
mes feuilles, dit-il à Clifford.
Je veux que tu sois le premier
à sauter dedans.

— Nous devons t'avouer une chose. Nous avons déjà sauté dedans. Toutes tes feuilles se sont envolées, dit Clifford. Mais Cléo et moi, nous les avons toutes ramassées. Je m'excuse, Nonosse.

— Je suis content que tu me dises
la vérité, dit Nonosse. Je veux quand
même que tu sautes le premier.

Alors Clifford saute en faisant

un grand CROUCHE!

Puis, Cléo et Nonosse sautent aussi.

CROUCHE! CROUCHE!

Et les trois amis s'amusent
ensemble jusqu'à la fin de cette
belle journée d'automne.

Tu te souviens?

Encercle la bonne réponse.

1. Les personnages de ce livre s'appellent...
   a. Clifford, Noireau et Nonosse
   b. Clifford, Cléo et Nonosse
   c. Clifford, Noireau et Nunuche

2. Les feuilles de Nonosse sont...
   a. orangées, rouges, jaunes et brunes
   b. toutes jaunes
   c. toutes brunes

Qu'arrive-t-il en premier? (1)
Qu'arrive-t-il ensuite? (2)
Qu'arrive-t-il à la fin? (3)
Écris 1, 2 ou 3 à la fin de chaque phrase.

Nonosse doit rentrer chez lui. _____

Nonosse fait un tas
de feuilles brunes. _____

Clifford et Cléo découvrent une
feuille sous le camion du facteur. _____

Réponses :